Josée Plourde

Une clé pour l'envers du monde

Illustrations
de Linda Lemelin

la courte échelle
Les éditions de la courte échelle inc.

Les éditions de la courte échelle inc.
5243, boul. Saint-Laurent
Montréal (Québec) H2T 1S4

Conception graphique de la couverture:
Elastik

Conception graphique de l'intérieur:
Derome design inc.

Mise en pages:
Mardigrafe inc.

Révision des textes:
Sophie Sainte-Marie

Dépôt légal, 1er trimestre 2002
Bibliothèque nationale du Québec

Copyright © 2002 Les éditions de la courte échelle inc.

La courte échelle reconnaît l'aide financière du gouvernement du
Canada par l'entremise du Programme d'aide au développement de
l'industrie de l'édition pour ses activités d'édition. La courte échelle
est aussi inscrite au programme de subvention globale du Conseil des
Arts du Canada et reçoit l'appui du gouvernement du Québec par
l'intermédiaire de la SODEC.

La courte échelle bénéficie également du Programme de crédit d'impôt
pour l'édition de livres — Gestion SODEC — du gouvernement du
Québec.

Données de catalogage avant publication (Canada)

Plourde, Josée

    Une clé pour l'envers du monde

    (Premier Roman; PR121)

    ISBN 2-89021-567-9

    I. Lemelin, Linda.   II. Titre.   III. Collection.

PS8581.L589C54 2002   jC843'.54   C2002-940342-1
PS9581.L589C54 2002
PZ23.P56Cl 2002

Josée Plourde

Josée Plourde a grandi à Cowansville dans les Cantons de l'Est. C'est là qu'à neuf ans elle publie son premier texte dans un magazine destiné aux professeurs. Elle a étudié en écriture dramatique à l'École nationale de théâtre à Montréal. Depuis, elle a écrit des romans, des nouvelles, des pièces de théâtre et des textes pour des livres scolaires. Comme scénariste, elle a collaboré à de nombreuses émissions de télévision pour les jeunes, dont *Le Club des 100 Watts*, *Télé-Pirate* et *Watatatow*. De plus, elle participe à des tournées dans les écoles et dans les bibliothèques, ce qui lui permet de rencontrer des centaines dc jeunes lecteurs chaque année.

Josée Plourde a des projets plein la tête et des idées plein la plume. Et même si elle aime la solitude, cela ne l'empêche pas d'entretenir une grande passion pour les jeux de société. Elle en fait même une collection!

Linda Lemelin

Née à Québec, Linda Lemelin a étudié en graphisme avant de s'inscrire en scénographie au Conservatoire. Depuis cinq ans, elle a illustré des romans jeunesse et plusieurs manuels scolaires.

Grande amie des animaux et de la nature, Linda croque dans la vie à belles dents. Entre le dessin, ses trois chats, ses nombreux cactus et le patin à roues alignées, elle n'a vraiment pas le temps de s'ennuyer. *Une clé pour l'envers du monde* est le troisième roman qu'elle illustre à la courte échelle.

De la même auteure, à la courte échelle

Collection Premier Roman

Série Paulo:

Un colis pour l'Australie
Une voix d'or à New York

Collection Roman Jeunesse

Les fantômes d'Élia

Série Claude:

Claude en duo
Sur les traces de Lou Adams

Collection Roman+

Solitaire à l'infini

Josée Plourde

Une clé pour l'envers du monde

Illustrations
de Linda Lemelin

la courte échelle

1
La clé d'or

Chez nous, il y a des rituels. Papa se lève le premier et met le couvert pour le repas. Maman s'habille et coiffe ses incroyables cheveux avant de passer à table. J'ai aussi mes petites manies et j'y tiens.

J'engouffre deux rôties au beurre et au miel. Et j'en partage une troisième avec mon chien, Gabon. Puis je monte dans ma chambre. Là, je choisis mes vêtements les yeux fermés.

Ensuite, je m'allonge et je fouille dans les magazines empilés sur mon bureau. Ils contiennent tous des histoires de l'invincible Didier aux pieds d'acier. C'est mon héros et je ne commence jamais une journée sans lui.

L'aventure de ce matin se déroule dans la ville magique de Kartoon. Didier, toujours vainqueur, retrouve la clé qui permettra d'ouvrir les portes de la cité. Kartoon est sauvée de la famine et tout le monde est heureux. Surtout moi!

Si j'avais des bottes d'acier identiques à celles de Didier, je volerais de bonheur. Quand je redescends, un curieux silence m'attend dans le salon.

Maman, papa et Gabon, en rang d'oignons, affichent tous les trois un sourire gaga. Je m'arrête net:

— Quoi? Qu'est-ce qu'il y a?

Maman pousse papa du coude et il entame une espèce de discours.

— Mon garçon, chaque jour, nous te voyons grandir et nous sommes si fiers de toi.

Maman essuie une larme sous ses lunettes et prend la parole à son tour.

— Pour te prouver notre confiance, nous avons décidé de te remettre quelque chose que tu désires depuis longtemps.

D'une seule voix, papa et maman interpellent le meilleur chien du monde.

— Allez, Gabon!

Mon gros toutou se lève d'un bond, court derrière le sofa. Il revient avec un paquet dans la gueule. Il le dépose à mes pieds en agitant follement la queue. Je suis bouche bée. Quoi? Un cadeau pour moi?

— Comme ça, sans raison?

Papa dodeline de la tête pour modérer mes illusions.

— C'est plutôt une surprise qu'un cadeau.

Incapable d'attendre davantage, je déballe. Le papier ne résiste pas à ma technique de l'arraché.

Le temps de dire «ouf!», une petite boîte apparaît. Je m'empresse de faire sauter le couvercle pendant que Gabon s'attaque aux papiers par terre.

Oh là là! Elle trône au milieu du paquet, dans un lit d'ouate.

Elle brille de tous ses feux et
semble me crier: «Prends-moi,
prends-moi!» Je la cueille, trem-
blant sous le coup de l'émotion.

Elle est froide dans ma main,
mais elle me réchauffe quand

même. Je serre le poing et l'ouvre pour m'assurer qu'elle est toujours là. Ce n'est pas un rêve, elle y est. Une magnifique clé dorée, la clé de notre maison!

2
La clé de la fierté

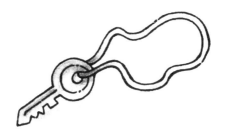

Quand je quitte la maison, je suis le plus heureux des garçons. Cette clé, je la voulais depuis longtemps et mes parents hésitaient. J'étais trop jeune, pas assez responsable et quoi encore!

Cette fois, ça y est! La précieuse clé est accrochée à mon cou, suspendue à une cordelette dorée. Le plus grand chic! Je ne marche pas, je me pavane! Tous les matins, au coin de la rue, je rencontre Andréa et son serpent Zapetto.

L'oeil de lynx de mon amie repère ma nouveauté du premier coup. Elle n'en revient pas.

— Est-ce que c'est ce que je pense que c'est?

Elle est aussi emballée que moi.

— Paulo, tu te rends compte? Tu as la clé de ta maison!

Si je m'en rends compte? Je suis fou de joie.

— Ils me l'ont donnée sans raison. Juste pour me montrer qu'ils m'aiment et qu'ils ont confiance en moi!

— Tu parles!

Andréa partage ma joie. Il faut savoir qu'elle possède la clé de sa maison depuis des mois. J'en crevais de jalousie. Elle la porte

sous sa blouse, discrètement. Au début, elle la montrait à tous ceux qu'elle croisait.

Je suis pareil. Ma clé repose SUR mon chandail. J'ai échangé le jaune que j'avais d'abord choisi pour un vert qui la met en valeur. La cordelette dorée brille et attire l'attention.

Tant mieux, je veux que tout le monde voie ma clé!

Nous trottinons et mon bijou sautille sur mon torse. Ma clé semble crier: «Papa et maman t'aiment! Papa et maman t'aiment!» Je ne m'en servirai probablement jamais, maman l'a bien dit. Mais je l'ai, je l'ai! Enfin! Quelle belle journée je vais passer!

À dix heures, je fais un exposé sur les clés, toutes les clés. Celles des coffres-forts, des voitures, des journaux intimes. Et celles des maisons qu'on peut porter à son cou quand on a neuf ans. J'ai un grand succès.

À midi, Mme Sushini, la cuisinière de l'école, me complimente sur mon pendentif.

— Eh bien! On devient un grand garçon, monsieur Paulo.

Je lui raconte la cérémonie de ce matin et elle me serre sur son coeur. Qu'est-ce que je pourrais vouloir de plus? J'adore Mme Sushini. Elle sent le beignet.

À deux heures, c'est le cours de musique. Marion, notre professeure, me demande de faire résonner ma clé. Je deviens le percussionniste qui accompagne la chanson *Ding Gue Ding Gue Dindon*. Je suis très fier.

À trois heures, lorsque nous quittons l'école côte à côte, Andréa lance:

— Tu as le sourire accroché aux lèvres depuis ce matin. Tu n'as pas peur d'avoir des crampes aux joues, ce soir?

— Je m'en balance! J'ai ma clé!

Andréa, toujours moqueuse, noue Zapetto autour de son cou et m'imite. Elle se promène le nez en l'air en criant: «Ah, ma clé! Ma clé!»

Je ris aux larmes. Elle est si drôle, mon amie! Irremplaçable. Comme ma clé!

Andréa continue ses plaisanteries. Malheureusement, elle ne remarque pas une crevasse dans l'asphalte.

Catastrophe! Piquant du nez tel un gros oiseau désorienté, elle tend la main vers moi pour éviter la chute.

Je vois le reste au ralenti. On dirait un film. La main d'Andréa se referme sur la cordelette de ma clé. Mon amie tire dessus…

Crac! La corde cède. Et ma clé, ma clé, ma clé! Elle vole dans les airs, un fugitif éclair de lumière dorée. Elle tourne,

pirouette et… Dans un dernier effort pour la rattraper, Andréa la touche du bout des doigts. Trop tard!

La clé de mes rêves tombe dans un gouffre. Je ne peux pas le croire. Elle est passée par une fente d'une bouche d'égout. Adieu, ma beauté! Disparue! Je suis sans voix, je n'en reviens pas.

Andréa trépigne de rage.

— Je m'en veux, je m'en veux! Je suis bête! Je m'excuse! Oh, je m'en veux!

Je m'agenouille et colle mon nez à la grille. J'y vois à peine,

mes yeux sont brouillés par les larmes. Je refuse de pleurer, mais c'est plus fort que moi. Ma clé!

Je l'aperçois. Elle est là, tout au fond. Un minuscule point brillant dans la boue! Aïe aïe aïe!

3
Phil Dépêche
à la rescousse

Étendus au sol, Andréa et moi examinons la situation. La clé est juste sous nos pieds. J'essaie de déplacer la grille. Peine perdue. Seul Didier aux pieds d'acier pourrait y arriver.

Andréa a une idée. Pour la réaliser, il faut mettre Zapetto dans le coup et le glisser par une fente de la grille.

Pauvre Zapetto, il fait de son mieux, retenant son souffle. Andréa le descend doucement dans le trou en le tenant par la queue. En bas, il n'aura qu'à prendre la clé dans sa gueule et hop!

Tout va bien jusqu'à ce que Zapetto s'arrête. Rendu au milieu de la cavité, rien à faire, il n'avance plus. Le serpent n'est pas assez long pour se rendre au fond. Andréa le remonte et le bécote.

— Merci quand même!

Les yeux fixés sur mon trésor qui luit dans le noir, je suis soucieux. Et très malheureux. Andréa n'aime pas me voir ainsi.

— Quand c'est le désespoir, dit-elle, il n'y a qu'une solution, appeler Phil.

Je me redresse, intéressé.

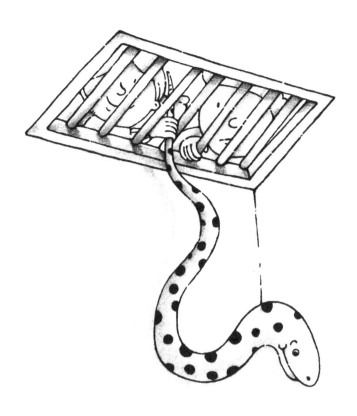

— Phil? Ton oncle Phil?

Andréa a l'oeil brillant.

— Oui, mon coco! Phil le journaliste! Phil qui connaît plein de monde! Phil qui trouvera sûrement un moyen de nous faire descendre dans ce trou.

Je suis déjà debout.

— Tout ce que tu veux, mon amie. On l'appelle!

Deux minutes et un vingt-cinq sous plus tard, l'oncle est au bout du fil.

— Journal *Le Papier*, bonjour! Phil Dépêche à l'appareil.

— Tonton, c'est Andréa.

— Qu'est-ce qu'il y a, mon bébé? T'as un taureau à tes trousses? Ou un fanfaron qui te fout la frousse?

Andréa rigole. Il faut dire que Phil, il fait dans le comique.

— Non, rien de tout ça, tonton. C'est Paulo. Il a perdu une clé très précieuse dans les égouts. Et là, c'est presque le désespoir. Surtout s'il se met à pleuvoir.

Je fixe le téléphone. Ah! si Phil pouvait sortir du récepteur! Il

plongerait sa grande main dans le
terrible trou et y pêcherait ma clé
presto. Mais ce n'est pas si simple.

Phil demande à me parler.

— On le sortira de son piège,
ton trésor, mon Paulo. Dis à

Andréa que j'appelle vos parents pour ne pas qu'ils s'inquiètent.

J'ai un instant de stupeur. Il ne va pas…

— Oui, oui, je sais. Pas un mot pour la clé. Ils n'en sauront rien. Venez me rcjoindre. Nous avons une mission à remplir!

Je ne porte plus à terre. Une mission! C'est Didier aux pieds d'acier qui va être ravi.

4
Le crépitement
du *Papier*

En moins de quinze minutes, Andréa et moi arrivons au journal *Le Papier*.

Nous entrons dans le grand immeuble en brique et prenons l'ascenseur. J'adore monter dans ces engins. Nous nous rendons au 24e étage en quatre secondes.

Andréa est accueillie chaleureusement. Elle vient au

journal depuis qu'elle a deux ans. La réceptionniste l'embrasse, des journalistes lui lancent des «allô!» cordiaux. Elle me fait visiter la salle de rédaction.

C'est une pièce où sont entassés tous les reporters.

Certains sont postés devant leur écran, rédigeant leur article. D'autres sont en grande conversation avec un photographe, appareil au cou. Enfin, quelques-uns téléphonent.

Au fond de la salle, l'oncle Phil est suspendu à son récepteur. Il envoie un bisou à sa nièce et m'adresse un clin d'oeil.

J'adore cet endroit. Je me vois bien faire ce métier: écrire, parler, écrire encore. C'est tout à fait moi.

Phil raccroche et se lève pour venir plaquer un vrai baiser sur la joue d'Andréa.

— Alors, les gamins, du nouveau?

Il nous entraîne derrière son bureau et sort une pomme d'un tiroir. Il la tend à Zapetto, qui est fou des fruits défendus aux serpents.

Andréa résume.

— Non. La clé est toujours au fond de la bouche d'égout, au coin des rues Dieppe et Petit-Rital. Nous avons collé une note sur la grille avant de partir.

Je prends la relève pour préciser:

— Nous avons écrit: «Attention, précieuse clé perdue». Juste au cas où des employés de la municipalité viendraient dans le coin.

Phil semble satisfait.

— Parfait. J'ai de bonnes nou-velles pour vous. Je me cherchais justement un sujet de reportage pour la semaine prochaine. J'ai donc appelé Katia Kipplet, une amie qui travaille à la Ville. Elle m'a promis une aventure que vous n'oublierez pas de sitôt.

Phil attrape son chapeau sur le portemanteau. C'est un feutre mou qui lui donne l'air d'un détective. Je pense qu'on va bien s'amuser avec ce tonton.

5
L'étoile de Barnard

Nous sautons dans la voiture de Phil, une guimbarde toute de guingois. Phil démarre sans s'arrêter de papoter.

— Dans ma carrière, j'ai tout vu. Sauf une clé dans une bouche d'égout.

Il m'envoie un autre de ses clins d'oeil pleins d'attention. Andréa s'agite, toujours heureuse d'avoir son oncle à ses côtés.

— Raconte-nous ton meilleur coup, oncle Phil. S'il te plaît!

Le journaliste se gratte le crâne.

— Oh là, il y en a eu tellement!

Il réfléchit une seconde pendant laquelle je m'inquiète.

— Nous ne partons pas dans la bonne direction, Phil.

Il me rassure.

— Je sais. Nous nous éloignons de ta chère clé. Mais c'est pour mieux la retrouver!

Je veux bien le croire. En fait, je veux bien croire tout ce que Phil raconte.

— J'en ai un bon. Si ce n'est pas mon meilleur, c'est certainement un de mes très bons coups.

«Un soir, je suis chez moi, en pyjama. Je viens de sortir du bain et je gratte Flique, mon chat, sans penser à rien. Le téléphone sonne.

«Je réponds et j'entends mon ami astronome pris de panique. Il m'explique qu'une étoile a disparu et qu'il faut enquêter. Je ne fais ni une ni deux et je fonce à l'Observatoire.

«Il me donne des détails. Hier, l'étoile de Barnard se trouvait dans son télescope, un des plus puissants du comté. Ce soir, plus rien! L'étoile a disparu. Il a besoin de moi, habitué que je suis à mener des recherches.

«Je fouine et je colle mon nez au sol. Je hume, je flaire, je touche et je trouve. Des traces étranges sous les meubles et sous les énormes pattes du télescope. J'ai ma petite idée.

«Je lui montre les marques et lui donne mon avis:

— On t'a fait une blague. Hier soir, des plaisantins sont venus. Ils ont déplacé les meubles et le télescope.

«Mon ami se frappe le front de stupeur et de compréhension:

— Donc, aujourd'hui, quand je regarde dans le télescope, je n'observe pas la bonne partie du ciel. Le bêta que je suis. Et distrait avec ça! Ça m'apprendra à

croire qu'une étoile peut disparaître.

«Moi, très fier, je conclus:

— Je te l'ai tout de même retrouvée, ton étoile de Barnard! Ça me fera un article du tonnerre!»

Phil termine son histoire et moi, je suis soulagé. Je sais maintenant que si quelqu'un peut mettre la main sur ma clé, c'est bien lui. En ce moment, je l'admire autant que Didier aux pieds d'acier, mon héros blindé.

6
Le costume
de Katia Kipplet

Katia Kipplet nous attend au bout de l'île. Elle a une drôle d'allure. Elle porte une combinaison, des gants et un casque muni d'une lumière. Phil nous assure qu'elle n'est pas toujours vêtue ainsi.

Tonton nous présente et Katia prend le relais:

— Je porte le costume traditionnel du spéléologue.

Andréa et moi lançons en choeur:

— Spéléo quoi?

Katia émet un rire cristallin qui fait vaciller l'oncle Phil.

— Le spéléologue est le scientifique qui étudie les cavités naturelles, les grottes, par exemple.

Andréa fronce les sourcils.

— Et quel est le rapport avec la clé de Paulo?

— Un rapport lointain pour l'instant. Mais une occasion en or pour vous de visiter un endroit que peu de gens ont vu.

Katia sort trois casques de sa voiture et nous les tend. Elle se tourne vers une paroi rocheuse pendant que nous revêtons notre équipement.

— Ici se trouve la grotte du Grizzly. On l'a découverte par

hasard, il y a dix ans. Nous allons nous y enfoncer et constater que bien des surprises nous y attendent.

Sous les ordres de Katia, nous enfilons des gants et allumons les lumières de nos casques. À la queue leu leu, nous pénétrons dans la grotte, Katia en tête. Andréa me tire par le bras avant de s'enfoncer dans la pénombre.

— Tu crois qu'il y a vraiment un grizzly dans ce trou?

Katia rit encore.

— Non, aucun grizzly. C'est une légende. Des gens l'ont inventée pour empêcher trop de monde de venir ici.

Phil, qui semble plus ou moins brave lui aussi, ne perd pas de vue son article.

— Il paraît qu'une grande part de l'histoire de notre ville s'est déroulée dans cette caverne.

Katia s'arrête dans un renfoncement. Nous nous réunissons autour d'elle. Nos casques éclairent abondamment un mur rocheux gravé de traits dorés. C'est splendide!

Katia raconte:

— Il y a cent ans, cette grotte servait de repaire à un groupe de pilleurs de banques. Les marques sur les parois représentent les quantités de lingots d'or qu'ils ont entreposés ici.

Nous sommes terriblement impressionnés. La visite se poursuit. Plus loin, Katia nous montre une ouverture munie de barreaux au ras du sol. Phil est très intéressé.

— Laissez-moi deviner. Si mes estimations sont bonnes, nous nous trouvons près de la prison.

Katia confirme:

— Exact. La bande de la grotte du Grizzly a été emprisonnée un certain temps. Les voleurs ont pu s'évader et s'enfuir par ce tunnel.

Nous suivons le chemin emprunté par les malfaiteurs, il y a une éternité. Nous sommes tous excités à l'idée de marcher sur les traces de ces bandits.

Katia s'immobilise de nouveau. Cette fois, une faible lueur nous fait lever les yeux au plafond.

Je n'en reviens pas.

— Le ciel, je vois le ciel!

Katia explique:

— Tout à fait. Il est possible d'y monter par les échelons plantés dans le roc. Et si tu pouvais pousser la lourde grille, tu serais au beau milieu de la ville.

Andréa rayonne.

— Je n'ai jamais rien vu de mieux.

Katia nous réserve encore des surprises.

— Ce n'est pas tout.

Nous repartons docilement. Il nous faut vingt bonnes minutes pour parvenir à notre but. La marche est difficile. Nous devons parfois grimper, parfois ramper. Nous l'aurons gagnée, notre surprise.

Au terme de cette longue balade dans le noir, Katia se tourne vers moi, l'air espiègle.

— Je crois que nous allons laisser Paulo jeter un oeil devant. Vas-y, nous t'éclairons.

Mes trois amis se placent de manière à illuminer le couloir. Je m'avance, pas très brave. L'endroit est humide, plutôt froid et peu invitant. Pour me rassurer, je pense à Didier aux pieds d'acier.

Je m'arrête, les pieds dans une flaque. Mon regard est d'abord attiré vers le haut. Cette même lumière que tantôt, ce même ciel. Nous sommes dans l'envers de la ville. Puis je baisse les yeux. Miracle!

Elle est là, à deux pas de mes orteils. Ma clé! Katia nous a menés jusqu'à la bouche d'égout qui avait englouti mon trésor. Je retire mes gants, récupère délicatement ma fortune.

Ému, je passe ma clé à mon cou et tout s'éclaire de nouveau. La vie peut reprendre. J'ai retrouvé MA clé!

7
Bon anniversaire... sous terre!

Après être revenus aux voitures, nous nous embrassons. Je ne pourrai jamais remercier suffisamment Phil et Katia pour ce qu'ils ont fait. Ni pour l'expérience de la grotte du Grizzly.

Phil nous ramène à la maison, où nous attendent mes parents. Dans l'auto, Andréa et moi restons absolument émerveillés.

— Il faut y retourner.

— La prochaine fois, on pren-
dra des photos.

— Tu as remarqué la pierre
verte et luisante?

— Oui! Et les pics de pierre
qui descendaient du plafond.

— Des stalactites, précise
Phil, qui a tout noté mentalement
pour son article. Je vous écrirai
ce mot difficile.

Nous revenons à la maison, em-
ballés. Nous parlons tous en même
temps. Mes parents finissent par
comprendre ce qui nous est arrivé.
Maintenant que je l'ai retrouvée, je
n'ai plus peur de leur avouer que
j'avais égaré ma clé.

Ma mère se passionne pour
notre histoire.

— Il y a tout ça sous nos pieds
dans la ville souterraine?

— Maman, tu n'en croirais pas tes yeux. Papa, il y avait un repaire de voleurs autrefois. C'est formidable, non?

Mon père est plutôt silencieux. Il doit envier notre escapade.

— Je sais! J'ai une idée du tonnerre! Papa, pour ton anniversaire, lundi, nous irons nous promener dans la grotte du Grizzly.

Papa affiche un pâle sourire. Puis, sans avertissement, il tombe d'un coup sur le plancher. Dans les pommes, comme dans les dessins animés. Je ne pensais jamais lui faire autant plaisir!

8
L'envers du monde

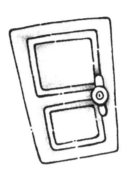

Le lundi suivant, je reviens de l'école ma clé au cou. J'en prends un soin jaloux et plus jamais je ne l'égarerai. J'arrive devant la porte de notre maison et, surprise, je la trouve verrouillée.

Mon coeur bondit dans ma poitrine. Quelle chance! Je vais pouvoir utiliser mon outil magique, mon instrument doré. Je tiens délicatement ma clé entre le pouce et l'index. Le moment est capital.

La clé s'insère doucement dans la serrure, sans bruit. D'un léger mouvement, je la fais tourner. Pour percevoir le déclic, il faut bien tendre l'oreille. Ça y est, je l'ai déverrouillée! Je suis un héros!

J'entre en fredonnant, trop heureux de mon nouvel exploit. Je lance mon sac à gauche, mon manteau à droite. Je plaque un bisou sonore sur ma précieuse clé quand…

Ce que j'entends me glace le sang.

Il y a quelqu'un dans la maison. Quelqu'un qui marmonne et qui gémit. Je suis terrorisé.

Je me colle contre le mur, impuissant. Les murmures conti-

nuent. Il me semble reconnaître
cette voix.

Je risque un oeil:

— Papa!

— Paulo! Que fais-tu là?

Mon père est étendu sur le sofa, une couverture remontée jusqu'au menton. Il a les traits tirés et les yeux bouffis. Je ne l'ai jamais vu dans cet état.

— Qu'est-ce qui t'arrive?

Papa reste silencieux un instant. Puis il se redresse, s'assoit et tapote le siège près de lui. Je le rejoins sans cesser de l'examiner. Il a l'air malade, très malade.

— Tu as une grave maladie, c'est ça?

Il me rassure.

— Non, non. Pas de maladie. Peut-être une petite… comment dire? Peur?

Je suis bouche bée. Papa a peur!

— Peur? De quoi?

Papa pousse un profond soupir:

— Je suis embarrassé. Même ta mère ne le sait pas.

Il me jette un regard de chien battu.

— Ton cadeau d'anniversaire. Le souterrain. Juste à l'idée de descendre sous terre, je meurs de frayeur. J'ai dû quitter le travail tellement je me sentais mal.

Je n'en reviens pas, mon père a la trouille! Puis je songe à Didier aux pieds d'acier et à sa terreur devant le monstre de la planète

Benzola. Mon coeur est inondé de tendresse pour mon papa. Mon papa à moi. Qui n'est pas fait en acier!

Je l'embrasse.

— Mon petit papa chéri. Oublie ça. Il n'y aura pas de visite de grotte pour ton anniversaire. On trouvera bien une histoire à raconter aux autres.

Papa esquisse un sourire. Il semble soulagé.

— Ce sera notre secret.

— Notre secret à nous… et à Gabon.

Près de nous, mon chien agite la queue pour manifester son accord. Je regarde de nouveau ma clé. Elle m'en aura appris, des choses. Voilà un passe-partout pour l'envers du monde!

Je glisse la clé sous mon chandail. Maintenant, elle sera bien à l'abri sous mes vêtements, près de mon coeur, comme les secrets qu'on partage avec ceux qu'on aime. Et personne ne garde un secret mieux que moi. Foi de Paulo, bouche cousue!